EXAMEN CRITIQUE.

EXAMEN CRITIQUE

*DES Observations sur l'Atlantide de Platon de M. Bailly, par M. l'Abbé Crey.****

A LAUSANNE,

& se trouve A PARIS,

Chez CHARLES-PIERRE BERTON, Libraire, rue S. Victor, vis-à-vis le Séminaire de S. Nicolas-du Chardonnet.

M. DCC. LXXIX.

EXAMEN

*Des Observations Critiques sur l'Atlantide de Platon de M. Bailly, par M. l'Abbé Crey.*** (de la Mo*

Insérées dans *le Journal des Savans*, du mois de Février 1779.

NOTRE DESSEIN n'est pas de prendre la défense du système de M. *Bailly* contre l'Athlète qui vient de le combattre. Nous avouerons avec candeur à cet Académicien que nous ne regardons son Ouvrage que comme un Roman ingénieux, embelli de tous les charmes du style, & qu'après l'avoir lu, nous avons été convaincus plus que jamais de cette vérité à laquelle M. Bailly rend lui-même l'hommage le plus formel ; les Livres de Moyse *renferment la tradition la plus suivie & la mieux conservée. C'est la source la plus pure de l'Histoire.* (L. sur l'Atl. p. 111.) Aussi ne romprons-nous pas de lances pour la cause de *l'Atlantide du Groënland*.

Mais comme il convenoit que l'Adverſaire de M. Bailly n'employât contre lui que des armes d'une trempe ſupérieure, nous croyons devoir adminiſtrer à l'Auteur des *Obſervations* les preuves de l'opinion où nous ſommes, qu'en attaquant M. Bailly, il s'eſt lui-même étrangement mépris en pluſieurs points. Cette diſcuſſion pourra être de quelque utilité pour les ſciences. C'eſt le ſeul motif qui nous porte à contredire M. l'Abbé Crey***.

Nous mettrons en lettres italiques les différens extraits que nous allons citer *des obſervations* du Critique.

Tel eſt le premier.

Il (M. Bailly) *prétend faire voir que cette ſcience* (l'Aſtronomie) *a été cultivée plus de* 1500 *ans avant le déluge, & qu'elle a aujourd'hui plus de* 7000 *ans d'antiquité, c'eſt-à-dire, qu'elle a commencé à-peu-près avec le monde, ou* 156 *ans après la création, le déluge ayant eu lieu l'an* 1656 *ſelon le texte Hébreu* (p. 1.)

Nota que depuis, *c'eſt-à-dire*, la réflexion toute entiere eſt de l'Auteur des *Obſervations.*

Il eſt fâcheux que M. *l'Abbé Crey.*** dans un Ouvrage auſſi rempli que le ſien de citations érudites, débute par une forte mépriſe en fait de chronologie. En effet il dit (p. 2.) que 3890 ans avant J. C.

reviennent à la cent dixieme année de la création ; ce qui eſt vrai, en ſuivant le calcul de 4000 ans avant J. C. calcul ſuppoſé néceſſairement par M. *l'Abbé Crey.**** Or, comment a-t-il pu avancer ci-deſſus que 7000 *ans* d'antiquité reviennent à 156 *ans* après la création ? 4000 depuis cette époque juſqu'à J. C. & 1779 depuis J. C. juſqu'à nous, ne font pas même 6000 ans depuis la création juſqu'à nous, bien loin d'en faire 7000 & plus.

L'erreur du Critique eſt d'autant plus palpable, qu'à la page 51, il ne compte que 5783 ans juſqu'au temps préſent. Ce calcul eſt fondé ; mais nous lui demanderons ſi 5783 font plus de 7000 ans d'antiquité ? Nous tremblons que les ſupputations chronologiques de M. l'Abbé ne donnent priſe à M. Bailly.

2.° *Il paroîtra au premier coup-d'œil un peu ſurprenant qu'on veuille placer l'Iſle Atlantique* SOUS LA 49me PARALLELE, D'OU LA MER EST ASSEZ ÉLOIGNÉE. (p. 5 & 6.)

Il nous a *paru*, à nous, non pas *un peu ſurprenant*, mais *très-ſurprenant*, de trouver dans l'aſſertion géographique de M. l'Abbé Crey *** une expreſſion choquante & une erreur des plus lourdes.

1.° Qui s'eſt jamais aviſé d'employer

le langage suivant ? *SOUS LA 49me PARALLELE* : & (p. 18.) *LA parallele annoncée*, (il falloit au moins *indiquée* : on *n'annonce* pas un cercle, mais on l'indique) ; & (à la page 36.) *LA 60me LATITUDE*. Voilà certes pour tous les Géographes un idiòme nouveau ! On dit bien *LA PARALLELE* lorsqu'on la considere comme ligne géométrique ; mais quand on parle des cercles de la sphère *paralleles* à l'Equateur, en un mot, quand *parallele* se prend en Géographie, on dit *LE parallele*. Par exemple : *telle Ville est sous le même parallele que telle autre*, & non pas sous *LA MÊME PARALLELE*.

D'ailleurs outre la nécessité de faire précéder ici le mot *parallele* de l'article masculin, c'est un néologisme insoutenable & qui certainement ne fera jamais fortune, que ces expressions *LA 49 ^me parallele, la 60me latitude*. On dit bien le 49me, le 60me degré de *latitude*, par la raison qu'on peut compter déterminément les 90 degrés tracés sur la partie du méridien qui est entre l'Equateur & chacun des deux Pôles. Au contraire, l'on ne compte pas les paralleles, vû qu'ils sont innombrables ; car il en faudroit tirer à chaque minute, à chaque seconde, à chaque tierce de degré, ce qui iroit à l'infini. Ainsi jamais mortel, depuis *Ptolémée* jusqu'à *Nicolle de la Croix*, n'a osé proférer ces mots, *LA* 49me *PARALLELE, LA* 60me *LATITUDE.* C'est à regret que nous nous voyons forcé de fronder le dialecte géographique qu'emploie M. l'Abbé Crey.***

2.° A un vice d'expression, l'Auteur des *Observations* joint une erreur grave en matiere de géographie. Qu'on se rappelle cette phrase, la 49me *PARALLELE D'OU LA MER EST ASSEZ ÉLOIGNÉE.* Proposition assurément fort étrange. Par *LA* 49me *PARALLELE* dont il est ici question, M. l'Abbé Crey*** ne peut entendre que le 49me degré de latitude septentrionale. Or ce 49me degré est si peu *éloigné de la mer*, qu'il passe précisément sur la grande étendue de mer qui est à cette hauteur. Cette latitude, la même que la nôtre, (de Paris) s'étend sur la mer qui baigne les côtes de France, & sur l'Océan qu'on appelle *Atlantique* ou *mer du Nord*, qui sépare l'Amérique de nous: ce même degré passe encore au-delà de l'Amérique sur toute la mer *Pacifique*, jusqu'à l'Asie, vers *Kamtzchatka*. Pour donner aux Enfans qui apprennent la Géographie une idée de ces paralleles qui font que mille endroits de la terre & de la mer ont la même latitude, on leur représente ces paralleles comme des cercles dont le plan coupe tout ce qui est dans leur direction.

De cet exposé, il suit que *la 49me parallele* (pour nous servir des expressions de M. l'Abbé) s'étend sur toutes les mers dont nous venons de parler. Il n'est donc pas permis de dire *que la mer en est assez éloignée*. Nous prions M. l'Abbé C. de vouloir bien, dans un de ses momens perdus, se donner la peine de jetter les yeux sur une *mappemonde*. Son erreur sur les premiers élémens de la Géographie est vraiment inconcevable.

3.° *Il* (Pline) *m'a semblé déterminer l'Atlantide d'une maniere bien précise. VOICI SES MOTS : on parle aussi d'une autre Isle dite Atlantis, qui est vis-à-vis du PETIT MONT ATLAS, & à cinq journées delà on trouve les déserts du SENÉGA ET DE GIALOC : delà on arrive au CAP-VERD, où les côtes de la mer se tournent vers le couchant, ensorte que la mer prend le nom d'Atlantique.* (p. 8.)

Nous avons vû que le critique n'étoit pas heureux en calculs chronologiques & en descriptions géographiques ; nous allons montrer maintenant que sa maniere de traduire est très-infidelle & très-singuliere.

D'abord nous ferons observer que, lorsqu'on cite le texte d'un Auteur, c'est une expression fort incorrecte que celle employée par M. l'Abbé C.*** qui se sert de ces termes : *voici ses mots* ; il falloit mettre : *voici ses paroles.* On dit les *mots* d'une phrase & *les paroles* d'un Auteur ; mais ce n'est là qu'une bagatelle. Venons à quelque chose de plus important.

Il est hors de doute que M. l'Abbé C.*** en nous prévenant que dans la citation de Pline il nous donne *ses mots*, nous annonce un vrai passage de Pline, un passage exactement traduit, en un mot du Pline tout pur mis en français. Son intention est tellement de nous convaincre que son extrait n'est qu'une traduction fidelle, qu'il a bien soin de le caractériser par des *guillemets*, & de poser en tête une parenthèse qui renferme le *Livre* & le *Chapitre* où il a puisé le témoignage de Pline, (*dans son Livre 6, C.* 31 *& ailleurs* ;) telle est la parenthèse. Il est aisé de constater ce fait en jettant les yeux sur la page d'où j'ai tiré l'extrait.

Or en lisant le passage cité par M. l'Abbé C., étonné, je dirai même singulierement étonné de voir que Pline nous parloit du

Sénéga, (c'est-à-dire du *Sénégal*,) de *Gialoc & du Cap-Verd*, j'ai sur-le-champ consulté Pline lui-même à l'endroit indiqué par l'Auteur des *Observations*, & j'ai trouvé que M. l'Abbé Crey*** ne s'étoit pas mis grandement en peine de saisir le vrai sens de Pline, & que cet Historien ne parloit, ni du *Sénégal*, ni *de Gialoc*, ni *du Cap-Verd*. Tel est le texte de Pline.

Traditur & alia insula contra Montem Atlantem & ipsa Atlantis appellata. Ab ea quinque dierum navigatione solitudines ad Æthiopas hesperios, & Promontorium quod vocavimus Hesperion ceras ; indè primùm circum agente se terrarum fronte in occasum, ac mare Atlanticum. (Pl. L. 6. C. 31. sect. 31. edit Hard. & L. 6. C. 36. 31. édit. de M. l'Abbé Brotier.)

Voici la traduction de ce passage.

On parle aussi d'une autre Isle qui est vis-à-vis le Mont Atlas. Elle est nommée Atlantis. A partir delà, on trouve les déserts qui s'étendent l'espace de cinq journées de navigation, jusqu'aux Ethiopiens Hespériens & au Promontoire que nous avons appellé Cap-Hespérien. C'est dans cet endroit que les côtes de la mer commencent à tourner vers le couchant & vers la mer Atlantique.

Rapprochons de cette traduction la

version de M. l'Abbé Crey.*** on va se convaincre que celle-ci contient presqu'autant d'erreurs que de lignes.

On parle aussi d'une autre Isle dite Atlantis qui est vis-à-vis du petit Mont Atlas.

D'abord Pline ne distingue ni *le petit Mont Atlas* ni le *grand.*

Et à cinq journées delà on trouve les déserts, &c.

C'est un contre sens. M. l'Abbé Crey*** fait entendre que les cinq journées d'étendue se trouvent entre l'Isle & les déserts. C'est tout le contraire. Ce sont les déserts qu'on trouve depuis l'Isle, & qui occupent un espace de cinq journées.

Les déserts du Sénéga & de Gialoc, &c.

Dans quelle ligne du texte de Pline voit-on un seul mot qui ait trait au *Sénégal & à Gialoc?*

Il paroît que le Critique aura consulté quelque Géographe peu instruit des véritables noms des lieux dont il parloit. Où a-t-il pris le *Gialoc?* Il falloit au moins dire *Jalof*, ou *Guioloff*, ou *Guialof.* (V. le Dict. Géograph. de Vosgien, la Géogr. de la Croix & la Carte d'Afrique suivant les dernieres observations de M. Hass & des PP. JJ.)

Delà on arrive au Cap-Verd, &c.

Pline parle bien d'un Promontoire ; mais quelle preuve a M. l'Abbé que c'est le *Cap-Verd ?* Le savant Auteur (1) de la nouvelle édition de Pline prétend que c'est le *Cap des Palmes.*

Où les côtes de la mer se tournent vers le couchant, ENSORTE QUE LA MER PREND LE NOM D'ATLANTIQUE.

Ce dernier membre de la phrase présente un sens tout différent de celui de l'Auteur Latin. *In occasum ac mare Atlanticum*, c'est comme s'il y avoit *ac IN mare Atlanticum ; vers le couchant & VERS la mer Atlantique.* Je rends les mots avec exactitude, pour montrer combien il est étonnant que M. l'Abbé Crey*** ait échoué dans une traduction aussi facile.

Ce Sénéga, ce Cap Verd, ce Gialoc, ce petit Mont Atlas, toutes ces choses vraiment curieuses qui donnent au Pline du Critique une physionomie si différente de celle du véritable Pline, m'ont fait réfléchir pendant quelque temps sur la cause de cette bigarrure. Il ne m'a pas fallu grand temps pour deviner le secret de l'Auteur des *Observations.* M. l'Abbé aura probablement eu en sa possession

(1) M. l'Abbé Brotier, tom. 2. page 4626 dans les Notes sur Pline.

quelque mauvaiſe traduction françaiſe de Pline, par exemple celle de *Dupinet.* Alors, ſans conſulter le texte même de cet Hiſtorien, il aura cru qu'il étoit plus ſimple & plus court de copier le morceau dans la verſion Françaiſe ; ou bien s'il a conſulté l'Auteur Latin, ces deux mots, *Heſperion ceras*, qui ſont des mots grecs, l'auront effrayé. Le grec eſt une langue que tout le monde n'eſt pas obligé de ſavoir. Dans ce cas, qu'aura fait M. l'Abbé Crey *** ? Il aura eu recours à une autre traduction françaiſe de Pline, comme qui diroit celle de M. *Poinſinet de Sivry*, non pour la copier, mais pour qu'à l'aide des notes qui accompagnent cet Ouvrage, il fit une traduction du morceau de Pline qui devoit réunir deux avantages ; le premier d'avoir un certain air d'érudition ; le ſecond de ſe trouver rajeunie & miſe à la portée du dix-huitieme ſiecle, par la ſubſtitution des noms récents de la topographie de *l'Atlantis*, à ceux que les Anciens avoient donnés à cette Iſle & aux lieux qui l'avoiſinoient. Ma conjecture, ſur le procédé de M. l'Abbé Crey ***, n'eſt pas ſans vraiſemblance. J'ai cherché dans M. *Poinſinet de Sivry* le paſſage de Pline. Voici ce que j'ai trouvé dans une note à la page 362. t. 2. *Dupinet en fait*

(de l'Atlantis) *l'Isle de Porto-Sancto qui est vis-à-vis le* PETIT MONT ATLAS.

C'est ce qui nous a procuré dans la traduction de M. l'Abbé *le petit Mont Atlas*. Ce n'est pas tout. Il faut savoir que Pline nous apprend que les Isles *Gorgades* ne sont pas éloignées de l'Atlantis, & qu'après ces Isles on trouve celles des *Hespérides : ultrà has etiamnùm duæ Hesperides Insulæ narrantur*. Sur ce mot *Hesperides* M. Poinsinet met une note (p. 864. t. 2.) qui porte, *ce sont les Isles* CAPO-VERDE, (c'est-à-dire DU CAP-VERD) *selon Dupinet*. Sur cela M. l'Abbé Crey*** aura fait ce raisonnement. « Si les Isles *Hespérides* sont » les Isles du Cap Verd, il faut bien que » le Promontoire dont parle Pline, soit » précisément *le Cap-Verd* lui-même, » d'autant plus que le mot *Hesperion*, ana» logue à celui *d'Hespérides*, est une par» tie du nom que portoit ce Promontoire, » à ce que rapporte l'Auteur Latin ; » Voilà comme aura raisonné M. l'Abbé, & voilà ce qui nous a valu *son Cap-Verd*, le tout de la *façon* de *Dupinet*. Par-là l'Auteur des Observations esquivoit adroitement les deux mots grecs *Hesperion ceras* employés par Pline en lettres latines ; l'on ne devine pas en effet, sans feuilleter un Dictionnaire grec, que *ceras* est le mot κέρας, qui signifie *une corne* (1), & tout ce qui en a la figure, par conséquent un *Promontoire* ou un *Cap*.

Quant au *Sénégal* & à *Gialoc*, il est aisé de voir que c'est également dans quelque traduction française de Pline, à l'endroit où cet Auteur parle des Ethiopiens Occidentaux, & où le Traducteur aura mis le nom de *Sénéga*, il est, dis-je, aisé de voir que c'est à la même source que M. l'Abbé Crey*** aura puisé pour nous donner les noms modernes des déserts de cette partie de l'Afrique. Voilà donc le Critique pris sur le fait. Il n'est pas facile de comprendre comment l'Auteur *des Observations* a pu oublier que Pline a écrit sous *Vespasien*, & que le *Cap-Verd* n'a été ainsi nommé que par les Portugais qui le découvrirent dans le quinzième siècle ; cette dénomination est par conséquent d'une date récente, ainsi que celles du *Sénégal* & de *Gialoc*, qui viennent du pays même, & qui étoient absolument ignorées des Anciens. Car *Hannon*, dans son *Périple*, ne nomme pas le *Sénégal*, quoiqu'il eût reconnu le fleuve qui porte aujourd'hui ce nom.

(1) V. les Racines Grecques, p. 91. nouv. édit. Κέρας, *corne*.

4.° *L'autorité de Pline semble jetter une nouvelle lumiere sur cet objet. Si M. Bailly eût étudié ce que ce savant homme dit (dans son L. VI. c. 31. & ailleurs) il eût certainement de beaucoup abrégé son voyage.* ***IL M'A SEMBLÉ DÉTERMINER L'ATLANTIDE D'UNE MANIERE BIEN PRÉCISE.*** (p. 8. 8.)

Remarquons en passant que, par cette tournure de phrase, *il m'a semblé déterminer*, on ne sait si c'est Pline ou M. Bailly qui *a semblé déterminer*. Mais n'importe; discutons les preuves de M. l'Abbé Crey***

Il résulte incontestablement de ce que nous venons de lire dans l'Auteur *des Observations*, qu'il ne balance pas un seul instant à croire que l'*Atlantide* de Platon cherchée par M. Bailly est l'Isle *Atlantis* de Pline ; la preuve en est que le passage de cet Historien sur *l'Atlantis* placée par M. l'Abbé dans le voisinage *du Cap-Verd*, est cité par lui immédiatement après ce que nous venons d'extraire ci-dessus des *Observations Critiques*, & qu'il donne ce témoignage de Pline pour appuyer son opinion. Ainsi, dit-il, la position de *l'Atlantis* (près *du petit Mont Atlas*) étant *déterminée d'une maniere bien précise*, M. Bailly, faute d'avoir *étudié ce savant Homme*, a eu tort de ne pas voir dans *l'Atlantis* de Pline *l'Atlantide* de Platon pour retrouver son Isle perdue. Il est donc prouvé que M. l'Abbé confond l'une & l'autre Isle.

Nous allons lui démontrer que c'est lui-même que l'on pourroit inviter *à étudier le savant Pline*, & qu'il est évident, d'après cet Historien, que l'Atlantis dont il parle, & l'Atlantide de Platon dont il fait aussi mention, sont deux Isles que Pline nous donne comme très-distinctes & toutes différentes. Ceci va dérouter M. l'Abbé Crey*** & sapper par les fondemens un de ses grands argumens contre son Adversaire; j'en suis bien fâché pour l'Auteur *des Observations*; mais rien cependant de plus certain.

Tel est le syllogisme que nous proposons à M. l'Abbé Crey.*** *L'Atlantis* & *l'Atlantide* sont deux Isles très distinctes entre elles dans Pline, si cet Auteur donne l'une comme *engloutie*, d'après ce que dit Platon qu'il cite, & s'il parle de l'autre comme subsistante encore. Or Pline donne *l'Atlantide* de Platon comme engloutie dans les eaux de l'Océan, & il nous parle de *l'Atlantis* comme subsistante encore, & placée vis-à-vis du Mont Atlas non loin du Cap Occidental. Donc, &c.

Prouvons d'abord que Pline nous apprend lui-même que la terre Atlantique a été *submergée suivant Platon.* Voici le passage de Pline dont nous croyons devoir faire part à M. l'Abbé Crey.*** *IN TOTUM ABSTULIT* (natura) *terras, primùm omnium ubi Atlanticum mare est, SI PLATONI CREDIMUS, immenso spatio.* (Pl. Hist. Nat. L. 2. sect. 92. édit. Hard. 92. 90. édit. de M. l'Abbé Brot.)

C'est à ce passage que renvoie le P. Hardouin, ce savant commentateur de Pline, dans la note qu'il a mise sur le chap. 31. du L. 6. où cet Historien parle de *l'Atlantis.* Or le Pere Hardouin a soin de faire remarquer dans cet endroit que *cette Isle a bien le même nom que celle de Platon, mais qu'elle n'est pas pour cela la même. Nota 2.° eodem quo PLATONICA Atlantis nomine..... sed ab eâ tamen DIVERSA.*

Ce témoignage est décisif ; on peut s'en rapporter au Pere Hardouin. Il entendoit assurément son *Pline.*

M. l'Abbé Crey*** veut-il une autorité de plus ? il pourra la puiser dans un Auteur avec lequel il nous paroît assez familiarisé ; qu'il prenne la nouvelle traduction française par M. *Poinsinet de Sivry.* Dans la note qui concerne *l'Atlantis*, on lit ces mots : *DIFFÉRENTE de celle* (l'Atlantide) *de Platon dont on a parlé au L. 2.*

c. 90. (Voyez traduc. de Pline par M. Poinsinet de Sivry, p. 862. t. 2.) Si *l'Atlantis* de Pline est *différente* de l'Atlantide de Platon, ces deux Isles, quoiqu'ayant le même nom, ne sont donc pas les mêmes. Nous prions M. l'Abbé de ne pas croire que cette *différence* diminue en rien le vif intérêt que *l'Atlantide* de Platon inspire dans ce moment aux Savans qui s'occupent à la dévoiler.

Il ne faut qu'examiner avec quelque attention les deux endroits où Pline parle de *l'Atlantis*, & de *l'Atlantide*, pour convenir qu'il fait mention de deux Isles différentes, dont l'une avoit disparu & dont l'autre subsistoit encore de son tems. Dans le chapitre où l'Historien de la Nature parle de *l'Atlantis*, il a pour objet de traiter des Isles qu'on voyoit encore. En effet, le chapitre commence par ces mots : *insulas toto eo mari & Ephorus complures* ESSE *tradidit & Eudoxus & Timosthenes.* . . . . . & plus bas, *traditur & alia insula contra Montem Atlantem, & ipsa Atlantis appellata*, &c. c'est le grand passage dont s'étaye M. l'Abbé Crey*** : on trouvera l'un & l'autre L. 6. c. 31. sect. 31. édit. du P. Hardouin, & L. 6. 36. 31. édition de M. l'Abbé Brotier.)

Nous lisons dans la traduction françaife

citée plus haut, cette note sur *l'Atlantis* de Pline. *Dupinet en fait l'Isle de Porto Santo . . . . . dont la distance du Continent est de soixante mille pas.* (p. 862.) Or l'Isle *de Porto Santo* subsiste encore. Par conséquent l'Atlantis qui, dit-on, est la même, n'est pas perdue comme *l'Atlantide* de Platon.

Nous allons voir au contraire que dans les chapitres où Pline parle des Isles qui ont éprouvé des révolutions, il place cette derniere comme submergée. *AVELLIT* (natura) *Siciliam Italiæ, Cyprum Syriæ*, &c. (L. 2. 90. édition de M. l'Abbé Brotier.) Voilà les Isles qui ont été separées du Continent.

Rursùs abstulit (natura) *Insulas mari,* *JUNXITQUE TERRIS* ; *Antissam Leslo, Zephyrium Halicarnasso*, &c. &c. (L. 2. 91. 89. édition de M. l'Abbé Brotier.) Voilà les Isles qui ont cessé de l'être, & qui ont été jointes à la Terre-ferme.

Enfin, *IN TOTUM ABSTULIT terras, primum omnium ubi Atlanticum mare est, si Platoni credimus, immenso spatio.* (Ibid. c. 92. 90.) Voilà les Isles englouties, & qui ont totalement disparu, entre lesquelles l'Historien de la Nature cite principalement *l'Atlantide* de Platon, à raison de la célébrité dont elle avoit joui.

La différence des deux Isles, *l'Atlantis* & *l'Atlantide*, est donc un point de fait établi d'une maniere incontestable. Il en résulte que M. l'Abbé Crey***, séduit par la ressemblance des deux noms *Atlantis* & *Terre Atlantique*, aura confondu les deux Isles, & qu'ayant trouvé dans quelque note sur le morceau de Pline, que *l'Atlantis* étoit vis-à-vis le petit *Mont Atlas*, cette position géographique lui aura paru trop précise pour être celle d'un pays qui n'eût jamais existé. Il en aura conclu que tout ce qui portoit le nom *d'Atlantique* devoit se trouver *là* tout justement près du *petit Mont Atlas*, & non ailleurs. M. l'Abbé Crey*** aura béni Pline avec son *Atlantis*; il l'aura regardé comme un Homme admirable, qui lui fournissoit une note excellente avec laquelle il alloit terrasser M. Bailly. Il aura pris la plume; sans autre préliminaire, *l'Atlantide*, avec sa position *bien précise*, aura été triomphalement insérée dans les *Observations Critiques*, & M. l'Abbé Crey***, qui nous paroît enthousiasmé de son passage de Pline, se sera bien convaincu que *l'Atlantide* de Platon a vraiment existé dans l'Océan.

L'identité du nom des deux Isles étant visiblement la cause de la méprise de l'Auteur des *Observationes*, qui a cru devoir revendiquer comme appartenant à *l'Atlantide* de Platon tout pays qui porte un nom semblable, M. l'Abbé Crey *** nous permettra de lui indiquer le vrai sens du mot *Atlantique*. Nous croyons devoir à ce sujet lui citer ici deux Auteurs dont les témoignages lui paroîtront mériter attention, & qu'il pourra mettre à profit.

Les Arabes, dit M. d'Herbelot, (Biblioth. Orient. v. modhallam.) *appellent la mer Océane* BAHR AL MODHALLAM, *la mer obscure & ténébreuse. L'épithete de* MODHALLAM, ajoute t-il, *s'applique particulierement à l'Océan* ATLANTIQUE, *à cause que personne ne sait ce qui est au-delà.*

C'est dans cette mer surnommée MODHALLAM, *qu'-Ebn-al-vardi*, (Auteur Arabe) *dit que sont de très-grandes Isles nommées par les Arabes al Kaledat*, c'est-à-dire, *les perpétuelles.* Ce sont, ajoute M. d'Herbelot, *celles que nous appellons aujourd'hui Fortunées ou Canaries, qui ne sont pas néanmoins de très-grandes Isles*, &c.

Bochart vient à l'appui de d'Herbelot. Il observe dans sa *Géographie sacrée*, (2.de P. Liv. 1.er Chap. 40.e) que *modhallam*, mot arabe, & qu'il écrit en caracteres hébreux *Mtlm*, répond aux mots syriaques, hébreux & caldéens *tuli*, *tll*, & *tsll*, qui signifient *ténébreux*. Ceux qui connoissent la marche & l'économie des Langues caldéenne & hébraique conçoivent aisément comment s'en est formé le mot *atl*. Les Phéniciens grands navigateurs, & dont l'idiome, comme l'on sait, étoit presque le même que celui des Hébreux, auront donné ce nom d'*atl*, *obscur*, *ténébreux*, à la mer Océane, dont ils ne connoissoient pas les bornes; & les Grecs, d'après eux, en auront formé le nom de mer d'*Atlas*, ou *Atlantique*.

Cette petite digression, en nous apprenant la vraie signification du mot *Atlantique*, peut jetter un grand jour sur cette matiere.

Ainsi les Anciens ayant appellé *Atlantique* l'Océan, parce que c'étoit pour eux comme une mer *ténébreuse & inconnue*, il est tout simple qu'ils aient également nommé *Atlantiques* ou *Atlantides*, plusieurs Isles qu'ils plaçoient dans cette même mer. Il n'est donc pas étonnant qu'il y eût une Isle qu'on trouve dans Pline sous le nom d'*Atlantis*, & qu'elle ne soit pas la même que l'*Atlantide* de Platon.

Il est si vrai que par le nom d'*Atlan*-

tique, on vouloit souvent désigner un pays *inconnu*, que Pline lui-même appelle de ce nom l'*Ethiopie*. *Universa verò gens Ætheria appellata est, deinde* ATLANTIA, *mox à Vulcani filio Æthiope, Æthiopia.* (Plin. Hist. Nat. L. 6. 30. P. 70. tom. 2. édition de M. l'Abbé Brotier.) Ce passage est précieux.

L'*Ethiopie* proprement dite, & c'est celle dont parle notre Historien, étoit un vaste pays dont une partie, appellée aujourd'hui *Abissinie*, étoit située près de *la mer Rouge*. Or cette mer n'est point assurément la mer *Atlantique*. Voilà donc une grande région que Pline appelle *Atlantie*, & qui n'étoit point l'*Atlantide* de Platon, qu'on prétend n'avoir été que dans l'océan Atlantique. M. l'Abbé saisissant ce nom d'*Atlantia*, oseroit-il sur l'identité de la dénomination, confondre l'Ethiopie avec l'*Atlantide*?

Que faut-il de plus pour prouver que, même d'après Pline, les Anciens appelloient *Atlantique* tout pays qu'ils ne connoissoient pas? C'est pour cette raison que n'ayant pas pénétré dans l'intérieur de l'*Ethiopie*, ils lui donnerent le nom d'*Atlantie*.

Maintenant nous le demandons aux Lecteurs, est-ce M. Bailly qui n'a point *étudié Pline, ce ſavant homme*, Auteur qu'on ne peut poſſéder ſans l'avoir bien lu dans ſa langue originale ?

5.° *M. Bailly a ſuivi l'exemple de M. Baër, & comme lui il a négligé le paſſage de Pline que je viens de citer.* (P. 9 & 10.)

M. Bailly a très-bien fait de ſuivre l'exemple de M. *Baër*; car *le paſſage de Pline que vient de citer* M. l'Abbe Crey***, prouve ſeulement qu'il y avoit une petite Iſle *Atlantis* vis-à-vis du Mont Atlas. Or cette Iſle malheureuſement n'étant pas l'*Atlantide de Platon*, que MM. Baër & Bailly ont cherché à découvrir, l'Auteur des *Obſervations*, s'il avoit lu Pline avec attention, s'applaudiroit aujourd'hui d'avoir ſuivi l'exemple de M. Bailly, lequel a *ſuivi l'exemple de M. Baër*, & d'avoir *négligé comme eux le paſſage de Pline*.

6.° *A propos de l'Inde, M. Bailly nous renvoie à ſon Hiſtoire de l'Aſtronomie, pour nous dire que l'Inde eſt la même choſe que l'Ethiopie.* (P. 17.)

Il ne faut pas des yeux de Lynx, pour voir que M. l'Abbé Crey*** prend ici le ton badin. C'eſt bien dommage que la petite plaiſanterie de l'Auteur des *Obſervations* porte à faux; M. Bailly pourra ſe divertir à ſon tour, lorſqu'il lira le morceau suivant de *Pluche*. L'autorité de ce *petit Pline* n'est pas méprisable, en fait de Géographie ancienne.

On distinguoit, du tems d'Homere, (Odyss. A) *les Ethiopiens Orientaux qui occupoient l'Arabie, & s'étendoient jusqu'aux Indes, ou au-delà du Golphe Persique; & les Ethiopiens Occidentaux qui habitoient à l'occident du Golphe Arabique, & du Royaume d'Yemen Il les appelle tous, les* DERNIERS HABITANS DU MONDE, *parce que les Grecs ne connoissoient rien au-delà de l'Ethiopie & des côtes de l'Océan, dont ils n'avoient que des idées confuses.*

QUELQUEFOIS ON DONNOIT ASSEZ ÉGALEMENT LE NOM D'INDIENS, COMME CELUI D'ETHIOPIENS, AUX PEUPLES LES PLUS RECULÉS VERS L'ORIENT ET VERS LE GRAND OCÉAN. C'EST CE QUI DONNE LIEU A VIRGILE DE FAIRE VENIR LE NIL DE CHEZ LES NOIRS INDIENS.

(Coloratis amnis devexus ab Indis.) Géor. 4. *AU LIEU DE DIRE, DE CHEZ LES ÉTHIOPIENS, CHEZ QUI IL COMMENCE A SE FORMER.* (Pluche, Conc. de la Géogr. p. 225, édit. 1764.)

Voilà donc une preuve que l'on donnoit le nom d'Indiens *aux Éthiopiens*.

M. Bailly

M. Bailly n'a donc pas dit une ineptie en avançant que l'*Inde*, dans le sens qu'il l'entendoit, c'est-à-dire, prise pour le pays des noirs Indiens, d'après *Virgile*, étoit l'*Éthiopie*.

Il n'est pas que M. l'Abbé Crey*** ne s'amuse quelquefois à lire *la Gazette*. Il a dû remarquer que les Vaisseaux expédiés par les Anglois pour l'Amérique, portent le nom de *Flottes* des *Indes Occidentales*. Est-il plus ridicule d'appeller *Inde*, l'*Éthiopie*, que de nommer ainsi l'Amérique? Il est vrai que ce fut par erreur qu'on lui donna ce nom. Tout le monde sait que, lorsque le Nouveau-Monde fut découvert, Colomb s'imagina qu'il avoit touché à une terre qui faisoit partie des Indes. Dans ce siecle où l'amour des nouvelles découvertes faisoit fermenter toutes les têtes, l'émulation des Navigateurs avoit pour objet de trouver un passage aux Indes, plus sûr & plus facile que par le midi de l'Afrique. Colomb se persuada, qu'en faisant route à l'Ouest, toujours sur une ligne droite, cette navigation le conduiroit immanquablement aux extrémités des terres de l'Asie, qu'il croyoit devoir être prolongées sous l'autre hémisphère, & où, par conséquent, il pourroit aborder. Ainsi, le célèbre Génois ſe flattoit de parvenir aux Indes. D'après ſon préjugé, qui fut alors la régle de l'opinion publique, l'Europe, dans le premier inſtant de la découverte, donna le nom d'*Indes* à l'Amérique. Quand dans la ſuite on reconnut l'erreur de Colomb, née d'un principe faux en lui-même, mais dont il tiroit des conſéquences très juſtes, on ne crut pas devoir ſe départir de la premiere dénomination. On ſe contenta de la rectifier ; on diſtingua ces nouvelles Indes, en les appellant *Occidentales* (1). Quelques perſonnes du peuple même ne s'y trompent pas. On en entend tous les jours déſigner par le nom de *Grandes-Indes*, celles qui ſont à l'orient de l'Afrique ; malgré cela je ne garantirois pas que quelque Pariſien, qui ne connoîtroit que les parages de la Seine, ne perſifflât le premier Pilotin qui s'aviſeroit de lui dire qu'il a navigué aux *Indes Occidentales*, pour lui faire entendre qu'il a voyagé *en Amérique*.

Je conclus de tout ceci que, quand on n'eſt pas très familiariſé avec la carte des

---

(1) Voyez ſur tout ceci le commencement du premier Volume de la belle Hiſtoire d'Amérique, par M. Robertſon.

Anciens, qui avoient aussi des *Indes Occidentales* à leur maniere, il n'est pas étonnant qu'on rie sous cape de M. Bailly, qui met *l'Ethiopie* dans *l'Inde*.

7.° *Comment un Scythe* (Hercule), *Héros demi-Dieu auroit-il volé les vaches de Geryon? C'étoit le crime le plus horrible chez eux que de voler le bétail.* (Pag. 29, note 4, dans laquelle le Critique cite *Justin*. L. 11.)

1.° Nous prendrons la liberté de faire observer à M. l'Abbé, que les Scythes, nom générique d'un Peuple immense, formoient différentes tribus. Or ce qui étoit prohibé par la Loi chez l'une, pouvoit ne l'être pas chez l'autre. Les *Algonquins*, Sauvages du nord de l'Amérique, ont des usages que n'ont pas les *Iroquois*. Cependant les uns & les autres sont *Canadiens*. Pourquoi feroit-on difficulté d'admettre également chez les Scythes les mêmes nuances, dans leurs institutions sur le vol? 2.° Quand nous accorderions que chez les Scythes en général le vol du bétail étoit un crime, cette prohibition pouvoit n'avoir pour objet que les troupeaux de ceux de leur Nation, & non le bétail qui appartenoit à leurs Ennemis, ou aux Etrangers. Or M. l'Abbé Crey*** n'a pas pris garde que *Geryon* n'étoit pas *Scythe* ; c'étoit un Roi voisin de *Gadès*. Donc le *Scythe Hercule*, en volant les vaches de ce Prince, pouvoit ne pas tomber dans le cas prohibé. Il est étonnant qu'une réflexion aussi simple ait échappé à la sagacité de M. l'Abbé.

8.° *Il y a diverses opinions sur les Scythes.* (P. 36.) Rien de plus vrai. Il ne falloit donc pas tirer du passage de *Justin*, sur le *vol*, un argument certain concernant *tous* les Scythes pris pour une seule Nation.

9.° *L'Isle Atlantide, quoiqu'elle fût plus grande que la* PHRYGIE ET L'*Asie*. (P. 37.)

Devoit-on s'attendre à trouver pareille bévue dans un Ouvrage qui a tout l'appareil de l'érudition ? M. l'Abbé Crey*** peut-il ignorer que *la Phrygie* est une partie de *l'Asie*, & de *l'Asie mineure* ? Comment donc de sa plume a-t-il pu laisser couler cette expression, *la Phrygie & l'Asie*, comme si *l'Asie* ne contenoit pas la *Phrygie* ? De bonne foi, que penseroit-on, & que diroit-on d'un Écrivain qui feroit mettre sous presse & insérer dans *un Journal savant* cette phrase étonnante, *l'Amérique est plus grande que* L'EUROPE *& la* FRANCE ? Nous sommes désolés de trouver en défaut M. l'Abbé Crey*** chaque fois qu'il fait le géographe.

10.° *Les Grecs, les Egyptiens, les Phéniciens, étant sortis de l'Isle Atlantique, ainsi que leurs coutumes, arts & habitudes, il faudroit qu'il ne se trouvât pas de la contrariété dans les choses essentielles.* (P. 38.)

Nous croyons devoir faire observer à M. l'Abbé Crey*** que *des habitudes ne sortent pas d'un pays. Les habitudes* sont des êtres moraux qui ne sont pas dans l'usage de *sortir*, parce qu'on n'est pas dans celui de personnifier *les habitudes*. On ne le feroit même pas dans un poëme épique où l'on donne du corps aux passions. *L'Auteur des Observations prend* ici le mot *habitudes* pour signifier *usages*. S'il se fût servi de cette derniere expression qui cadre avec les mots précédens, *coutumes & arts*, il eût pu dire alors que les *usages* des Grecs *sortoient* de l'Isle Atlantique; l'on eût entendu par-là qu'ils tiroient leur origine de ce pays.

11.° *Les Scythes*, dit Hérodote, *sement & mangent de l'ail, des oignons,* LENTILLES, *& autres légumes.* (Ibid.)

Manger de l'ail, des oignons, LENTILLES, *& autres légumes*, pouvoit être un excellent mêt pour les Scythes. Cependant, pour que ce ragoût fut assaisonné selon les régles du *Cuisinier* de la *Gram-*

maire Françaiſe, il falloit dire, *mangent de l'ail, des oignons*, **DES** *lentilles, & d'autres légumes*. Dirons nous que c'eſt par inadvertence que M. l'Abbé a oublié de faire accompagner *lentilles* de l'article *des*? Nous retrouvons à la *p*. 3. une tournure de phraſe auſſi vicieuſe. *Ce peuple fameux .... eſt l'inventeur & le prototype univerſel de tous les arts, de toutes les ſciences, les inſtitutions*, **CULTE**, &c. &c. Cette chûte eſt bien bruſque.

12.° *Ils* (les Egyptiens) *ne mangeoient pas les oignons, ni les porreaux, parce qu'ils les regardoient comme ſacrés : Porrum & cepe neſas violare, ac frangere morſu. O ſanctas gentes, quibus hæc naſcuntur in hortis*. (Juv. Sat. 15, p. 39.).

M. l'Abbé Crey.*** eſt-il bien ſûr qu'on trouve dans le Dictionnaire de l'Académie Françaiſe, *manger les oignons & les porreaux*, quand on parle en général? Nous nous imaginons qu'on mangeoit **DE** *la ſalade*, & non *la ſalade*; & par le même principe, *des oignons, des porreaux*, & non **LES** *oignons* & **LES** *porreaux*.

L'Auteur des *Obſervations* prendra peut-être ceci pour des vétilles grammaticales. A la bonne heure.

Mais appellera-t-il de ce nom le reproche que nous allons lui faire de ce qu'en citant le vers si fameux de Juvénal, *O sanctas gentes, quibus hæc nascuntur in hortis, &c*; il a précisément omis le mot essentiel, ***numina***, qui contient tout le sel de l'exclamation épigrammatique du Poëte satyrique. Car ce vers, de la maniere qu'il est cité par M. l'Abbé, qui le termine par un point, (au moins eût-il fallu mettre un *&c.*) ne contient qu'une niaiserie. En effet, en l'expliquant d'après le texte de l'Auteur des *Observations*, telle seroit l'épigramme de *Juvénal* contre les Égyptiens qui adoroient les légumes de leurs potagers. *O sainte Nation*, ***DONT LES JARDINS PRODUISENT DES OIGNONS!*** Il n'est pas possible de donner à ce vers un autre sens; dès que l'on supprime le *numina*, le pronom démonstratif *hæc* doit se rapporter nécessairement aux substantifs précédens, c'est-à-dire, aux *porreaux*. Or, nous le demandons, y a-t-il ombre de plaisanterie dans la pensée de *Juvénal*, quand elle se réduit à cette platitude? *O sainte Nation, dont les jardins produisent des carottes & des navets?* Mais que M. l'Abbé restitue au vers du Satyrique le mot *numina*, & qu'il mette après, non pas *un point simple*, mais *un point d'exclamation*, alors la réflexion du Poëte nous paroîtra très-plaisante. *O sainte Nation, dont les Jardiniers, en plantant des choux, plantent autant de divinités !* Nous trouvons là une excellente épigramme, & non dans le vers morcelé, tel qu'il est copié par l'*Auteur des Observations.*

Nous ne passerons pas même à M. l'Abbé Crey *** son assertion absolue sur le respect religieux des Egyptiens pour les oignons, dont il prétend qu'ils ne mangeoient pas du tout. Nous opposerons à l'Auteur *des Observations* le sentiment de M. *Larcher*, qui (dans son *supplément à la Philosophie de l'Histoire*,) pense que toutes les espèces d'oignons n'étoient pas défendues aux Egyptiens. A l'appui de l'opinion de ce savant Académicien, qui nous paroît très-vraisemblable, nous rapporterons ce passage de nos Livres saints.

« Vulgus quippè promiscuum, quòd » ascenderat cum eis, flagravit desiderio, » sedens & flens, junctis sibi pariter filiis » Israël, & ait : quis dabit nobis ad vescendum carnes ? Recordamur piscium » quos comedebàmus in Ægypto gratis : » in mentem veniunt *cucumeres &* » *pepones, porrique & cepe & allia.* » (Num. c. xi. v. 4 & 5.)

Nous allons donner la traduction de ce passage, d'après *Dom Calmet.* (édit. de Rondet.)

« Car *peu de jours après* une troupe de » petit peuple qui étoit venu d'*Egypte* » avec eux (les Israélites) desira *de la* » *chair* avec une grande ardeur, & s'as- » sit en pleurant ; & les enfans d'Israël » s'étant joints à eux, ils commencerent » à dire : qui nous donnera de la chair » à manger ? ..... Nous nous souvenons » des poissons que nous mangions en » Egypte, *presque* pour rien : les con- » combres, les melons, les porreaux, les » OIGNONS & l'ail de *ce pays-là qui sont* » *excellens*, nous reviennent dans l'es- » prit. »

On trouve encore dans l'Exode (c. 12. v. 38.) le texte suivant qui se rapporte à celui que nous venons de citer.

Sed & vulgus promiscuum innumerabile ascendit cum eis, &c. que *Dom Calmet* (même édit.) traduit également de cette maniere.

Ils (les Israélites sortant de la capti- vité,) *furent suivis d'une multitude innombrable de petit peuple d'entre* LES EGYPTIENS ..... *QUI SE JOIGNIT A EUX, &c.*

Il est donc constant que des *Egyptiens* joints aux *Israélites*, se plaignirent amé- rement *ensemble* de ne pouvoir plus manger *d'oignons* qu'ils disoient être ex-

cellens; ce qui suppose évidemment que les *Egyptiens* pouvoient non-seulement s'en nourrir dans leur pays, mais qu'ils s'en nourrissoient en effet Car autrement, comment auroient-ils pu savoir que ce légume avoit un goût délicieux? Donc il falloit qu'il y eût une espèce d'oignons dont l'usage ne leur fut pas interdit. Donc l'assertion contraire de M. l'Abbé Crey *** est un peu tranchante.

13.° *Chaque science a sa domination particuliere.* (p. 39 & 40.)

L'Auteur des *Observations* auroit dû avoir la bonté de nous faire savoir en même-tems de quelle espece est cette *domination* des *sciences*. Est-elle *Monarchique*, *Démocratique*, *Oligarchique*, *Aristocratique?* En attendant nous pouvons assurer M. l'Abbé que nous n'avons jamais trouvé dans *le Traité diplomatique des Puissances de l'Europe*, *la domination* nouvelle dont il nous parle.

Nous supplions l'Auteur des *Observations* de ne pas croire que nous veuillions le chicaner sur des minuties. Il n'ignore pas, sans doute, que la Grammaire Française est aussi une *science* qui par conséquent a sa *domination*, & qui bannit de ses états toutes les expressions *aliénigènes*, jusqu'à ce qu'elles aient obtenu la suppression du droit d'*aubaine*.

Nous allons faire à M. l'Abbé une autre querelle plus importante.

Ils (les Scythes) *étoient toujours errans, ne cultivant point le bled, dont ils ne se nourrissoient pas. Ainsi, M. Bailly a beau faire valoir le bled dont ils ont fait présent aux Asiatiques, il croissoit de lui-même chez eux, & ils ne le destinoient à d'autres usages* QU'A EN FAIRE DU FEU. (pag. 41.)

Nota. Que la Scythie étant un pays très-froid & couvert de bois, UN FEU DE PAILLE eût fait une pauvre ressource. M. l'Abbé Crey*** cite Hérodote, (Liv. 4.) en preuve. Armons nous donc d'un *Hérodote*, & voyons si M. l'Abbé a pris le vrai sens de l'Historien Grec.

Hérodote dit bien (Liv. 4. N.° 17.) que les *Scythes laboureurs* (Σκύθαι ἀροτῆρες, *Scythæ agricolæ*) sement du bled, *non pour le manger, mais pour le vendre;* οὐκ' ἐπὶ σιτήσει. . . . ἀλλ' ἐπὶ πρήσει. *Non ad comedendum, sed ad vendendum.* Qu'a fait M. l'Abbé Crey***? Nous ne dirons pas qu'il a traduit, *pour en faire du feu*, mais qu'il a lu & copié la pitoyable traduction françaife de *du Ryer*, lequel a suivi la mauvaise version latine de *Laurent Valla.* Celui-ci a traduit ἐπὶ πρήσει, *ad torrendum*, & par suite *du Ryer*, *pour en faire du feu.* Mais *Henry Etienne*, dan ſes corrections de Valla, a mis au bas de la page, *ad vendendum* au lieu de *ad torrendum*, & *Gronovius* dans ſa traduction latine a ſuivi la correction d'Henry Etienne. πρῆσις en Ionien, qui eſt le dialecte d'Hérodote, ſe dit pour πρᾶσις, *venditio*, *vente*; *Valla* l'a pris comme formé de πρήθω, *incendo*. On trouve un nombre infini de bévues pareilles dans la traduction de Valla.

Ce ſont donc ces bourreaux de Traducteurs (Latin & Français) d'Hérodote, qui ont ſurpris la religion de M. l'Abbé Crey ***.

Mais l'Auteur des *Obſervations critiques* ayant cité *Ammien Marcellin* avant Hérodote ſur l'article des Scythes, devoit au moins avoir grand ſoin de ne pas rapporter le témoignage de deux Auteurs, dont l'un pouvoit ſervir à démontrer que M. l'Abbé avoit cité l'autre mal-à propos. Or nous allons lui faire voir combien ce reproche eſt fondé. Le Critique dit, d'après Ammien Marcellin, que les *Scythes ne cultivoient pas le bled, & qu'ils ne s'en nourriſſoient pas.* Quel a donc du être l'étonnement de M. l'Abbé en apprenant qu'Hérodote, à l'endroit même cité par lui, dit que les *Scythes laboureurs ſement du bled pour le vendre? Or, s'ils ſemoient du bled, ils le cultivoient donc.* Le nom de *laboureurs* ou *agricoles*, (ἀροτῆρες) qui distingue ces Scythes, prouve qu'ils étoient cultivateurs de profession.

Il y a plus. L'Auteur des *Observations* a encore avancé que les Scythes *NE SE NOURRISSOIENT PAS DE BLED*. Opposons-lui une seconde fois Hérodote. Dans la phrase qui précède immédiatement celle que nous avons extraite du L. 4. N. 17. sur les *Scythes laboureurs*, cet Historien raconte que *les Scythes Callipides*, *&* *les Scythes Alazons*, *sement du bled & EN MANGENT*. σῖτον δὲ καὶ σπείρουσι, καὶ σιτέονται; *frumentum serunt, eoque vescuntur*. C'est ainsi que traduit Gronovius.

Hérodote ajoute *qu'ils mangent aussi des oignons, de l'ail, des lentilles & du millet*. C'est cet endroit qu'a cité l'*Auteur des Observations* (p. 38.) Il y a ici une remarque curieuse à faire. Comme *du Ryer*, non plus que *Valla*, n'a point traduit σῖτον *bled*, & qu'il ne fait mention que des *oignons*, *de l'ail*, *&c*; C'est à cela précisément que nous sommes redevables de ces deux phrases insérées dans les *Observations* de M. l'Abbé, (p. 38.) *Les Scythes*, dit Hérodote, *sement & mangent de l'ail, des oignons*, *LENTILLES & autres légumes*; & (p. 41.) *les Scythes ne se nourrissoient pas de bled*.

C'est donc évidemment l'erreur successive de *Valla* & de *du Ryer* sur le mot σῖτον, qui nous donne la clef de celle dans laquelle M. l'Abbé Crey***, copiste de la traduction française, est tombé après eux. Il est tout simple en effet qu'il ne se soit pas apperçu de l'infidélité de ses guides.

Concluons des différens passages d'Hérodote, que la nation des Scythes étoit composée de différentes hordes. Les unes *semoient du bled, non pour en faire du feu*, mais pour le vendre. C'étoient les *Scythes agricoles*, Σκύθαι ἀροτῆρες. Les autres étoient les *Scythes Callipides* & les *Scythes Alazons* (1) *qui semoient du bled & en* MANGEOIENT σῖτον δὲ καὶ σπείρουσι, καὶ σιτέονται. Voilà donc des preuves sans réplique que les Scythes avoient entre eux des usages différens.

M. l'Abbé a donc eu tort d'avancer, même d'après son traducteur, que les

---

(1) Ces *Alazons* ou *Slaves*, & par corruption les *Esclavons*, sont une Nation très-considerable, puisqu'elle s'est étendue jusqu'à l'Elbe & jusqu'au Golphe de Venise. Les Polonois, les Bohêmes, les Moraves, les Slovaques de Hongrie, les Croates, les Carniolliens, les Esclavons, les Dalmates, les Bosniens, & quantité d'autres peuples voisins, sont Slaves & en parlent encore la langue.

Scythes *ne se nourrissoient pas de bled*, & d'appliquer à tous les Scythes en général ce qu'Hérodote ne raconte que d'une horde particuliere. Comment, d'ailleurs, M. l'Abbé voyant que *du Ryer* racontoit un fait au moins fort extraordinaire, pour ne pas dire incroyable, sur l'usage où étoient ces Peuples de ne cultiver le bled que *pour en faire du feu*, comment, dis-je, M. l'Abbe n'a-t-il pas eu quelque méfiance de l'exactitude du traducteur sur la pyrotechnie des Scythes, qui se servoient de bled pour faire bouillir leur marmites. Il est fâcheux que les méprises perpétuelles de M. l'Abbé, sur les Auteurs qu'il cite, nous forcent à le suspecter *vehementement* de n'avoir pas lu Hérodote avec cette attention requise dans tout homme qui entreprend de faire une critique.

15.° *Le Scythe étoit cruel au point de se nourrir de chair humaine.* (p. 4..)

L'Auteur des *Observations*, en donnant *le Scythe* pris génériquement, & par conséquent *tous* les Scythes, comme *anthropophages*, contredit encore Herodote de la maniere la plus formelle. Cet Auteur dit que les *androphages* (1), ou les *an-*

(1) ἀνδροφάγος ex ἀνὴρ, vir & φάγω, comedo.

thropophages, c'est-à-dire les *mangeurs d'hommes*, *sont une Nation à part & qui n'est point Scythique*; ce qui signifie, qu'à parler exactement, elle n'est pas du nombre des Scythes. *ANDROPHAGI, SEPARATA NATIO, AC NEQUAQUAM SCYTHICA.* ἀνδροφάγοι . ἔθνος ἐὸν ἴδιον, καὶ οὐδαμῶς Σκυθικόν. (Herodote, L. 4. n.° 18. édit. de Gronovius.)

Hérodote ajoute que les *Androphages sont l'espèce d'hommes la plus féroce, qu'ils n'ont ni loix, ni tribunaux, qu'ils sont pâtres, qu'ils sont habillés à la maniere des Scythes, mais qu'ils ont une Langue propre*, ou différente des autres.

Androphagi agrestes maximè omnium hominum mores habent, non judiciis, non legibus utentes, pecuariam exercentes, vestem Scythicæ similem gestantes, propriam Linguam habentes. (Ibid. L. 4. N.° 106.(

Le même Historien rapporte encore, que *les Melanchlènes, tous habillés de noir, d'où leur vient le nom de Melanchlènes* (1), *sont les seuls qui vivant d'ailleurs comme les Scythes, mangent de la chair humaine.*

Melanchlæni omnes indumenta nigra

---

(1) *Melanchlæni à* μελας, *niger*; & χλαινα, *lanea vestis species.*

gerunt, undè & cognomen habent, qui soli humanâ carne vescuntur, institutis Scythicis utentes. ἀνδροφαγέουσι δὲ μοῦνοι τούτων. (Ibid. N.° 107.)

Ce qui nous donne deux peuples *d'Androphages*. Les uns *Antropophages* proprement dits, sont *une Nation à part*, & ne sont pas *Scythes* à parler exactement. *Separata Natio ac* NEQUAQUAM SCYTHICA. Ils ont une langue qui leur est *propre* & n'ont de *Scythe* que l'habillement. Les autres ce sont les *Mélanchlènes*, Nation qui mange aussi de la chair humaine, *vivant du reste comme les Scythes, institutis Scythicis utentes*; ainsi, d'après Hérodote, il y avoit tout au plus une seule Nation Scythe *Antropophage*. On voit combien ce témoignage du Pere de l'Histoire cadre peu avec l'assertion générale du Critique sur l'usage où étoient les Scythes de manger de la chair humaine.

Si le Critique étoit curieux de retrouver ces anciens *Androphages*, nous lui rappellerions qu'il y a des peuples, appellés aujourd'hui *Samoïedes*, voisins de la mer Glaciale, & qui sont situés sous le Cercle Polaire. Or *Samoïede* en Slave ou Esclavon, veut dire *mangeur d'hommes*, comme *antropophage* en grec. Si ceux qui savent la langue d'Athènes, savoient tous également celle qu'on parle dans le Nord, il y auroit long-temps que la véritable origine des *Samoïedes*, dont le nom est exactement la traduction *d'anthropophages*, n'auroit pas échappé aux recherches des Savans.

16.° *Tous les Auteurs s'accordent à placer l'Isle d'Ogygie sur les côtes Africaines.* (p. 43.)

Il est très-faux que *tous* les Auteurs s'accordent sur ce point.

1.° *Pline* compte l'Isle de Calypso, *qu'on croit*, dit-il, *être l'Ogygie d'Homere*, au nombre des Isles situées le long de l'extrémité de *l'Italie*, appellée autrefois *la grande Grèce. Calypsûs (Insula,) quam Ogygiam appellasse Homerus existimatur.* (Plin. Hist. Nat. L. 3. c x. sect. xv. édit. Hard.) * Comme *Calypso*, selon les Mythologues, est *fille d'Atlas*, l'analogie de ce nom avec *l'Atlantide* a suggéré à M Bailly l'idée de confondre *l'Atlantide* avec *l'Ogygie*. Or l'Isle de Calypso, la même que celle-ci, étoit sur la côte d'Italie ; c'est ce que Pline vient de nous confirmer. Les *côtes Africaines* sont-elles les côtes d'Italie ? 2.° *Plutarque* place l'Isle d'Ogygie à peu de distance de *la Grande Bretagne*. Nous le demandons au Criti-

* Et L. III. XV. 10. édit. de M. l'Abbé Brotier.

que ; les côtes *de la Grande* Bretagne sont-elles les *côtes Africaines ?* Peu s'en est fallu que nous n'ayons employé cette expression les *côtes Bretones*, pour faire le pendant des *côtes Africaines*.

Quoi qu'il en soit, il est évident que *Pline* & *Plutarque* sont deux Auteurs, & deux Auteurs du plus grand poids. Cependant ils ne sont pas du même avis que M. *Abbé Crey****, qui avance un peu lestement que *tous* les Auteurs s'accordent à placer *l'Isle d'Ogygie* sur les côtes d'Afrique.

17.° *UN système est un mot grec qui signifie assemblage.* (p. 44)

Nous représenterons à *l'Auteur des Observations* que c'est le mot *système* qui est *grec*, mais *UN système*, comme tel, n'est pas un mot grec. Le Critique a donc pris ici la chose pour le terme qui l'exprime. Pour rendre cette erreur plus sensible, citons un exemple. *Eglise* est très-certainement *un mot grec*. D'après les principes de l'hellénisme de *M. l'Abbé Crey**** l'on pourroit dire que, toutes les fois qu'il entre dans *une Eglise*, il entre dans *UN mot grec*.

C'est pour la troisième ou quatrième fois que l'Auteur des *observations* nous force de lui rappeller qu'il a été trop peu scrupuleux à limer son manuscrit avant de l'envoyer à l'impression.

18.° *L'opinion du Chevalier Marsham a été regardée comme un paradoxe & même un paradoxe dangereux.* (p. 48.)

Par ce qui précède (ibid.) il est évident que le Critique entend par *l'opinion du Chevalier Marsham* son *système chronologique des Dynasties d'Egypte.* Nous ne doutons pas que l'Auteur des *Observations* n'ait lu bien attentivement l'Ouvrage du *Chevalier Marsham ;* mais nous sommes également certains, d'après ce que M. l'Abbé avance, qu'il n'a point lu les Critiques qui relèvent avec raison les propositions dangereuses du savant Anglois. Car M. l'Abbé auroit vu que *Marsham* n'a point mérité de reproches à cause de son *système chronologique*, mais à cause de certaines propositions qu'il insinue, & dont on pourroit induire ces conséquences aussi fausses que dangereuses, savoir que *les Juifs ont emprunté des Egyptiens plusieurs cérémonies religieuses, la Circoncision entr'autres, & que la prophétie de Daniel sur les soixante-dix semaines a pour objet le Grand Prêtre Onias.* M. l'Abbé Crey*** conviendra que s'il avoit consulté ses *Tablettes Philologiques* sur l'article *Marsham*, il auroit montré plus d'exactitude.

19.° *On peut voir cette vérité* (que le peuple Hébreu a éclairé les Nations) *établie dans le Mémoire de l'Abbé Renaudot sur l'origine de la sphere, dans le livre excellent de Joseph contre Appion, mais sur-tout* DANS LES SAVANTES NOTES DE GROTIUS *sur son Traité de la Religion*, EDITION DE LE CLERC. (p. 49. & 50.)

1.° Des trois Ouvrages cités par l'Auteur des *Observations*, *le Traité de la Vérité de la Religion Chrétienne* étant un Ouvrage fort court, il est assez singulier que M. l'Abbé Crey*** fasse tomber le *surtout* précisément sur celui des trois Auteurs dont le livre est le moins considérable.

2.° *Les savantes Notes de Grotius sur son Traité de la Religion, édition de le Clerc.* L'Auteur *des Observations* y a-t-il bien pensé en écrivant cette phrase? Elle nous paraît impayable. *Ces savantes Notes de Grotius* m'ont procuré une petite aventure que je vais raconter à M. l'Abbé, & qui très-sûrement l'amusera. Sur la parole de l'Auteur *des Observations*, qui venoit de m'apprendre que *Grotius* avoit fait des *Notes* sur son Ouvrage, je me mis à parcourir toutes les boutiques des Libraires de Paris, pour déterrer ces *Notes savantes* de Grotius lui-même, Auteur célebre, dont je fais le plus grand cas. Je mis en mouvement tous les suppôts de la Librairie, qui renverserent sans-dessus-dessous leurs magasins. Je visitai toutes les Bibliothèques publiques ; j'employai plusieurs jours à cette perquisition. Je me donnai des peines infinies, lorsqu'enfin un Bibliothécaire, homme savant, voyant l'agitation où j'étois, me pria de lui expliquer ce que je cherchois avec tant d'empressement. Je lui fis voir ma Note sur *Grotius* extraite de l'Ouvrage de M. l'Abbé Grey.*** *Eh !* dit-il en souriant, *ne chercheriez-vous pas* AUSSI LES SAVANTES NOTES DE PLINE SUR L'HISTOIRE NATURELLE DE PLINE, ÉDITION D'HARDOUIN? *ne voyez vous pas que l'Auteur dont vous avez tiré votre notice, s'est blouzé. Il a voulu dire les* SAVANTES NOTES DE LE CLERC DANS SON ÉDITION DU TRAITÉ DE LA VÉRITÉ DE LA RELIGION PAR GROTIUS. *Cet Ouvrage ainsi désigné est fort connu, & je vais vous le donner.*

Je ne demandai pas mon reste ; & je me retirai tout confus avec une petite rancune contre M. l'Abbé, dont l'érudition m'avoit fait suer sang & eau. J'enfilai promptement l'escalier de la Bibliothèque ; je le descendis l'oreille baissée, & promis bien de ne jamais oublier de ma vie les *savantes Notes de Grotius sur le Livre de Grotius*, mais cependant, par charité, de n'en pas souffler le mot à M. Bailly.

20.° *Il semble que le goût des paradoxes s'est signalé de présérence pour les Scythes. Il est vrai* QU'ILS SONT DE LA PLUS HAUTE ANTIQUITÉ. SCYTHARUM GENS ANTIQUISSIMA SEMPER HABITA. (p. 54. 55.) l'Auteur cite *Justin*, Liv. 11. c. 1.

Nous supplions M. l'Abbé de ne pas croire que nous veuillions nous *signaler* par *un paradoxe*, en établissant d'après le témoignage *du pere de l'Histoire*, que nous allons oppoler à Justin, une assertion contradictoire à celle de ce dernier Auteur. En effet Hérodote dit expressément (L. 4. n. 5.) que les Scythes avouent eux-mêmes *qu'ils sont la moins ancienne de toutes les Nations* νεώτατον ἁπάντων ἐθνέων εἶναι τὸ σφέτερον : *Novissimam omnium gentium esse suam.*

Il résulte delà entre le texte de Justin adopté par M l'Abbé, & celui d'Hérodote que nous citons le contraste le plus frappant; d'une part, *les Scythes ont toujours passé pour une Nation très ancienne. Antiquissima semper habita.* De l'autre, les Scythes disent *qu'ils sont la Nation la moins ancienne. Novissimam omnium gentium esse suam*. Nous sommes curieux de voir comment le Critique se tirera delà.

Dans ce conflict d'autorités M. l'Abbé n'osera certainement pas préférer sur l'article des antiquités le suffrage de l'Abbréviateur de *Trogue Pompée*, au témoignage du premier des Historiens, qui nous apprend que les Scythes, *de leur aveu même*, étoient de *toutes les Nations la plus moderne*.

En effet Hérodote dit (Liv. cité n. 7.) que les Scythes comptoient seulement *mille ans & non davantage* depuis *Targitaüs*, leur premier Roi, jusqu'à l'expédition de Darius. χιλίων οὐ πλέω, *mille non amplius*. Darius, fils d'Hystaspe, qui est celui dont il s'agit, ne fit son expédition contre les Scythes qu'environ 508 ans avant notre Ere. Or cinq cens ans & mille ne font que quinze cens ans avant notre Ere. C'est à-peu-près le tems de Moyse. Les Egyptiens, les Assyriens, les Mèdes, &c. dont cet Auteur Sacré fait mention dans la Genèse, étoient donc plus anciens. M. *l'Abbé* auroit pu en tirer un bon argument contre le systême de Monsieur Bailly.

Diodore, il est vrai, fait disputer les

Scythes

Scythes d'ancienneté avec les Egyptiens; mais Diodore, ainsi que Justin est, comme l'on sait, bien postérieur à Hérodote.

21.° *Il est une autre sorte de Scythes, appellés Celto-Scythes ou Hyp rboréens; mais comme ils étoient presqu'inconnus aux anciens, à peine en savons-nous autre chose que le nom.* (p. 55.)

M. l'Abbé Crey*** se laisse ici aller à une distraction un peu forte. Si les *Hyperboréens* sont les mêmes que les *Celto-Scythes*, ils ne sont pas si inconnus, puisque ce sont les peuples qui tiennent le milieu entre les Gaules (la France), & la Sarmatie (aujourd'hui *la Pologne.*)

Le passage de Pline que cite l'Auteur *des Observations*, (p. 55. & 56.) & où on lit qu'au-delà *des Monts Riphéens* sont les *Hyperboréens*, contredit formellement ce que M. l'Abbé vient de dire de l'identité des *Celto-Scythes* avec les *Hyperboréens*. Nous allons en donner une raison bien frappante; c'est que ces derniers peuples, suivant Pline dans l'endroit cité, sont *au-delà des Monts Riphéens*. Or ces Monts Riphéens sont en *Moscovie*. Donc les Hyperboréens ne sont pas les *Celto-Scythes*; car ce qui est entre les Gaules & la Sarmatie n'est pas en Moscovie.

Il paroît qu'il y a une fatalité attachée à toutes les assertions géographiques de M. l'Abbé Crey***

On trouve les Hyperboréens QUI EST UN PAYS FERTILE (p. 56.)

L'Auteur donne cette phrase comme traduite de Pline (L. IV. c. 12). Si nous voulions nous permettre ici le petit mot pour rire, nous pourrions dire que cette traduction est vraiment *hyperboréenne.*

Un peuple n'est pas *un pays.* Il est donc ridicule de s'exprimer ainsi : *les Hyperboréens qui est un pays fertile.* Nous ne doutons pas que, d'après notre remarque, M. l'Abbé Crey*** n'ordonne à ses Typographes de mettre dans la seconde édition de son Opuscule, *les Hyperboréens* QUI HABITENT *un pays fertile.*

22.° *Platon dit expressément :* « *sur les* » *bords* (de la mer Atlantique) *étoit une* » *Isle vis-à-vis de l'embouchure que dans* » *votre langue vous nommez Colonnes* » *d'Hercule*, » (p. 8).

Quoi ! *l'embouchure* de l'Océan ! Nous avouerons à M. l'Abbé Crey*** que nous ne revenons pas de l'étonnement où nous sommes d'apprendre de lui que l'Océan a une *embouchure.* Car c'est ce qu'on ne peut s'empêcher de conclure d'après la traduction du passage de Platon cité par le Critique. Les *Colonnes d'Hercule* se trouvant placées dans l'endroit où l'Océan communique avec la Méditerranée, dire que l'Atlantide *étoit une Isle* située vis-à-vis cette *embouchure*, c'est admettre nécessairement que les colonnes d'Hercule sont *l'embouchure* de l'Océan ; découverte assurément précieuse.

M. l'Abbé avance que Platon le dit *expressément*. Rien de moins exact. Cet Historien de l'Atlantide se sert de ces mots, πρὸς τὸ στόματος. Στόμα sans contredit signifie *bouche* ; mais en français il ne pouvait être rendu que par ce que nous appellons *détroit*, & non par *embouchure*, qui ne convient qu'à la décharge d'un fleuve dans la mer.

M. l'Abbé Crey*** pourra peut-être nous opposer que nous ne devons pas nous en prendre à lui de cette erreur qu'il a copiée en même temps que la traduction française du morceau du *Timée* de Platon, & qu'il a pour garant un savant estimable, Auteur de cette version. Cela est vrai. Aussi rendons-nous hommage à la candeur avec laquelle M. l'Abbé nous donne à entendre qu'il est sans aucunes prétentions en fait de grec. Mais nous osons dire que M. l'Abbé, qui est né Français, n'aurait pas dû donner dans une erreur très-pardonnable à un Ecrivain dont notre langue n'est pas l'idiome naturel, & qui n'est pas obligé de démêler toutes les différentes acceptions des mots d'une langue aussi délicate & aussi peu conséquente dans ses principes que la nôtre.

Avant de finir cet article, nous croyons devoir faire remarquer en passant, que, de l'aveu du Critique, d'après le passage cité plus haut, l'Isle Atlantide *ETOIT vis-à-vis l'embouchure* appellée *Colonnes d'Hercule ;* donc elle n'existoit plus du temps de Platon. Nouvelle preuve fournie par M. l'Abbé lui-même, que l'Atlantide de Platon n'étoit pas la même que la petite Isle Atlantis, dont parle Pline, comme subsistante encore de son tems.

Nous terminerons ici *notre Examen Critique des Observations* sur *les Lettres* concernant *l'Atlantide.* Les réflexions que nous nous sommes permises pour rendre plus palpables les méprises du Censeur de M. Bailly, ne doivent diminuer en rien l'idée avantageuse que l'on a pu se former des bonnes intentions de M. l'Abbé Crey.*** Il faut toujours savoir gré aux

Amateurs de la Littérature de se livrer à des recherches intéressantes sur les productions qui sortent du cabinet des Savans. Nous n'ignorons pas l'ardeur dont il est animé pour le progrès des Lettres. Rien de plus louable assurément. Nous l'exhortons à ne pas laisser rallentir ce zèle, & à ne pas se décourager par la petite critique que nous venons de hasarder. Nous l'invitons seulement à avoir dans la suite un peu plus d'égards pour *la Géographie* & pour *la Grammaire Française*. Quant au goût particulier que témoigne M. l'Abbé Crey*** pour les antiquités savantes, nous prenons la liberté de lui donner un conseil. C'est de se mettre en état de lire les Auteurs anciens dans le texte même, & de s'en faire une étude suivie. C'est le seul moyen de les bien citer & d'en parler en connoisseur. Point de véritable érudition si l'on ne connoît les sources. Les *Scaliger*, les *Petau*, les *Huet* ne puisoient pas dans les *traductions* françaises.

Je suis persuadé que, d'après tout ceci, M. l'Abbé Crey*** se déterminera à faire l'emplette d'un *Hérodote* & d'un *Platon*, sinon en grec, du-moins d'une version latine qui soit exacte.

Livres nouveaux qui se trouvent chez le même Libraire.

CONFÉRENCES contre les ennemis de notre sainte Religion ; savoir, les Athées, les Déistes, les Tolérans, les Juifs, &c. par M. Beurier, Prêtre Eudiste, *in*-8.° 6 liv.

Eclaircissemens sur le Martyre de la Légion Thébéenne, & sur l'époque de la persécution des Gaules, sous Dioclétien & Maximien, dont la quatrieme partie contient de nouveaux fastes de ces Empereurs, &c. par M. de Rivas, *in*-8.° 5 liv.

Examen impartial de plusieurs Observations sur la Littérature, par M. l'Abbé Duparc Lenoir, *in*-8.° 5 liv.

Le Guide du Malade, ouvrage de Médecine, philosophique & moral ; par M. de Marque, Docteur en Médecine, *in*-12, 2 liv. 10 sols.

Discours sur l'incrédulité, par M. l'Abbé***, Chanoine d'Avallon, *in* 12. 2 l. 10 s.

Esprit (l') des Apologistes de la Religion Chrétienne, en faveur des Ecclésiastiques qui ne peuvent se procurer un grand nombre de traités sur cette matiere ; par un Prêtre du Diocèse de Reims : trois vol. *in*-12. *broché* 6 liv.

Histoire de la Vertueuse Portugaise, ou le Modèle des Femmes Chrétiennes ; par M. l'Abbé Maydiere, Chanoine de l'Eglise de Troyes, *in* 12. 2 liv. 10 sols.

Histoire véritable des tems fabuleux; Ouvrage qui, en dévoilant le vrai que les histoires fabuleuses ont travesti ou altéré, sert à éclaircir les antiquités des peuples, &c. par M. l'Abbé Guérin Durocher, trois vol. *in*-8.° 15 liv. *broché.*

Leçons-Physico-géographiques à l'usage des jeunes Gens, curieux de joindre aux connoissances géographiques ordinaires, celles des points les plus intéressans de la Physique de globe terrestre, *in*-8.° 4 l. *broc.*

Mélanges & Fragmens Poétiques, par M. de Marvielles, Chevalier de l'Ordre de Saint Louis; *in*-12. *broché* 1 liv. 10 s.

Instructions sur les égaremens de l'esprit & du cœur humain, sur les vices capitaux & leurs remèdes; par M. l'Abbé***, auteur des Pensées sur la Religion, *in*-12. 2 l. 5 s.

Lectures Chrétiennes sur différens sujets de piété, pour tous les jours du mois, en faveur des Ames pieuses, par M. l'Abbé***, auteur de l'Imitation de la Sainte Vierge, & de l'Esprit Consolateur, ou Réflexions sur quelques paroles de l'Esprit Saint, très-propres à consoler les Ames affligées, *in*-12. 2 liv. 10 sols.

Observations Philosophiques sur les systêmes de Newton, de Copernic, de la pluralité des mondes, précédés d'une Dissertation théologique sur les tremblemens de terre & les orages; par M. l'Abbé

Flexier de Réval, auteur du Catéchisme Philosophique, ou Recueil d'Observations propres à défendre la Religion Chrétienne contre ses ennemis; *in*-12. *broché* 2 liv.

Manuel Ecclésiastique de Description & de Droit, ou Sommaire des Mémoires du Clergé, rédigé par ordre alphabétique, contenant tout ce qui concerne la discipline & le régime actuel de l'Eglise de France, &c. nécessaire aux Curés, Desservans, Prieurs, &c. *in*-8.° 5 liv.

Philémon, ou Entretiens sur divers sujets intéressans de politique & de morale, ou l'anti Bélisaire, *in*-12. 2 liv. *broc*.

Principes généraux de Jurisprudence sur les droits de Chasse & de Pêche, suivant le Droit Commun de la France, à l'usage des Seigneurs & de leurs Officiers; par M***, Avocat au Parlement à Dun en Argonne, vol. *in*-12. 1 liv. 10 sols.

Vie de M. Gresset, de l'Académie Françoise, & de celle de Berlin, Ecuyer, Chevalier de l'Ordre du Roi, & Historiographe de l'Ordre Royal & Militaire de Saint Lazare; vol. *in*-12. *broché* 1 liv. 4 sols.

Vie du Cardinal de Richelieu, premier Ministre de Louis XIII, *in*-12. *broché*.

Tractatus Theologico-Dogmaticus de Homine lapso & reparato. Auctore Nicolao-Francisco le Clerc de Beauberon; deux vol. *in*-8.° *broché* 8 liv.

www.ingramcontent.com/pod-product-compliance
Ingram Content Group UK Ltd.
Pitfield, Milton Keynes, MK11 3LW, UK
UKHW020350220726
13923UKWH00004B/1599